CAT A' MHINISTEIR
THE GAELIC MINISTER'S CAT

CAT A'MHINISTEIR

CAT A' MHINISTEIR

THE GAELIC
MINISTER'S CAT

COMPILED BY
**Meg Bateman
and Hamish Whyte**

ILLUSTRATED BY
Barbara Robertson

THE MERCAT PRESS
EDINBURGH

First published in 1994 by Mercat Press
James Thin, 53 South Bridge,
Edinburgh EH1 1YS

ISBN 1 873644 33 7

Design by Mark Blackadder

Printed and bound in Great Britain by
Redwood Books, Trowbridge, Wiltshire

CONTENTS

ACKNOWLEDGEMENTS

Most of the words and definitions in this book are taken from Malcolm MacLennan's **Pronouncing and Etymological Dictionary of the Gaelic Language** (Acair/Mercat Press). The remainder are to be found in Edward Dwelly's **Illustrated Gaelic-English Dictionary** (various editions).

THE AUTHORS

Hamish Whyte works in Glasgow where he also lives with his family and Otis. His publications include two collections of poems: *apple on an orange day* (1973) and *Rooms* (1986). He has edited several anthologies including *The Scottish Cat* (1987) and *Mungo's Tongues: Glasgow Poems 1630-1990* (1993). He also reviews crime fiction for *Scotland on Sunday*.

Meg Bateman was born in Edinburgh. She learnt Gaelic as a student in South Uist and at Aberdeen University where she now teaches. She has written poetry in Gaelic (*An Aghaidh na Sìorraidheachd*, ed. C. Whyte, 1991) and published translations of earlier Gaelic verse (*Gàir nan Clàrsach*, ed. C. O Baoill, 1994).

Rugadh **Meg Bateman** an Dùn Eideann. Dh'ionnsaich i Gàidhlig na h-oileanach ann an Uibhist a Deas agus aig Oilthigh Obar Dheadhain far a bheil i a-nist a' teagasg. Tha a' bhàrdachd aice fhèin air a foillseachadh (*An Aghaidh na Sìorraidheachd*, ed. C. Whyte, 1991) cho math ri eadar-theangachaidhean gu Beurla de sheann bhàrdachd Ghàidhlig (*Gàir nan Clàrsach*, ed. C. O Baoill, 1994).

Barbara Robertson is an artist, illustrator and printmaker. Trained at Duncan of Jordanstone College of Art, Dundee, she now lives near Forfar where her household includes four cats of assorted colours and types, none of whom will eat anything costing under 40 pence a tin.

INTRODUCTION

'The Minister's Cat' is familiar to most Scots. It is an alphabet game, played by any number: in each round each player has to think of an epithet for the cat beginning with the same letter of the alphabet. 'The minister's cat is a . . . cat.' The game works through A to Z and a player who fails to come up with an appropriate adjective is out. It is not really a competitive game in the sense of there being a winner; rather, players try to outdo each other in thinking of extravagant terms for the cat. It's played for fun and is very often a family game.

It is described thus in Alice Bertha Gomme's monumental *The Traditional Games of England, Scotland, and Ireland* (vol.1, 1894): 'The first player begins by saying, "The minister's cat is an ambitious cat," the next player "an artful cat", and so on, until they have all named an adjective beginning with

A. The next time of going round the adjectives must begin with B, the next time C, and so on, until the whole of the alphabet has been gone through'.

Interestingly, the informants named by Alice Gomme as supplying her with the details of the game were from the Forest of Dean, Gloucestershire, and Anderby in Lincolnshire. Obviously, the game is, or was, played in England. It is not, as might be thought, peculiarly Scottish, although minister is the usual term applied to Scottish clergymen. However, in England, although not used of Anglican clergymen, minister is, as the *Shorter Oxford English Dictionary* puts it, 'chiefly associated with Low Church views; but still usual in non-episcopal communions.' But then, why a minister (or vicar, parson or priest) in the first place? Why not the doctor's cat, the baker's cat or the candlestick maker's? Perhaps the cat was generally felt to be a fit companion to a man of the cloth: an independent kind of pet fit for a bachelor (as many ministers are), a pet, at least in

England, suitably non-conformist? (There is, by the way, a minister's dog, the name of a Tweed salmon fly, made originally from the yellow hairs of the minister of Sprouston's dog in 1915.)

A number of clerical ailurophiles are listed in Christobel Aberconway's *Dictionary of Cat Lovers* (Michael Joseph, 1949): John Jortin D.D., Pope Leo XII, Cardinal Richelieu, Cardinal Wolsey, the Rev. James Woodforde. On this evidence it would seem that Roman Catholic prelates were more potty about pussies than other clergy. Pope Gregory the Great is said to have even made his cat a cardinal! (It is perhaps strange that an animal we tend to link historically with witches should be associated with their traditional persecutors.) But there are even earlier associations with churchmen. *The Book of the Dean of Lismore* tells the story of three young Irish clerics who went to sea on a pilgrimage with very little provision, but not forgetting their cat which caught fish for them. And the first literary reference in the British Isles to the domestic cat is to be found in a ninth century Irish poem, 'Pangur Ban', about a scholar and his clever cat. While the scholar pursues spiritual problems, his cat pursues a mouse, each one happily engaged in what is natural to his kind.

Whether Scottish or English, 'The Minister's Cat' is certainly a firm favourite in Scotland. Scots have the advantage of being able to play the game in three languages: English, Scots and, as here, Gaelic. The words offered as examples have been chosen for a variety of reasons: they are onomatopoeic, incongruous, out of the way (but not so rare as to be useless) and common or garden (but not so as to be boring). We hope that this small collection of epithets might serve as an introduction, however limited, to Gaelic.

Interest in things Gaelic – language and culture – is on the increase. There are about sixty thousand Gaelic speakers in Scotland plus thousands of learners – nearly a third of them living in central Scotland. And the language they speak, or are learning to speak, is in fact native to Scotland, with its origins going back further even than Scots or English.

Ceilidhs too seem to be more and more popular. Who knows, perhaps a new regular item on the programme might be a session of 'The Minister's Cat' to help cool down between the eightsome reels and Gay Gordons?

Meg Bateman and Hamish Whyte

ROIMH-RADH

Tha a' chuid as motha de dh' Albannaich eòlach gu leòr air 'Cat a' Mhinisteir'. 'S e cluiche aibidil a tha ann, do àireamh sam bith de chluicheadairean: anns gach cuairt feumaidh gach neach smaoineachadh air buadhair dhan chat a tha a' tòiseachadh leis an litir cheudna den aibidil. 'Tha cat a' mhinisteir na chat . . .' Tha a' chluiche a' ruith bho thùs gu deireadh na h-aibidil agus tuitidh cluicheadair a-mach nach tèid leis no leatha smaoineachadh air buadhair freagarrach. Chan e dha rìribh cluiche cho fharpaiseach a tha ann oir cha nochd neach buannachaidh. An àite sin, bithidh na cluicheadairean a' strì còmhla ri dealbh air leth a dhèanamh air a' chat. 'S e dibhearsain a tha ann, dibhearsain teaghlaich mar as trice.

'S ann mar sin co-dhiù a tha an cùntas oirre anns an leabhar iomraiteach, *The Traditional Games of England,*

Scotland, and Ireland (vol.1, 1894) aig
Alice Bertha Gomme: 'The first player
begins by saying, "The minister's cat
is an ambitious cat," the next player
"an artful cat", and so on, until they
have all named an adjective beginning
with A. The next time of going round
the adjectives must begin with B, the
next time C, and so on, until the
whole of the alphabet has been gone
through'.

Chithear gum buineadh an luchd-
fiosrachaidh aig Alice Gomme do
Forest of Dean ann an Siorrachd
Gloucester agus do dh'Anderby an
Siorrachd Lincoln. Air tàilleabh sin,
tha e soilleir gun tèid, no gun rachadh,
an cleas a chluich ann an Sasainn
cuideachd. Chan e cluiche Albannach
air leth a tha ann matà, ged as
ministear am facal àbhaisteach ann an
Alba air a' chlèir Phròsdanaich. Fiù's
ann an Sasainn far nach toirear
minister air clèir Eaglais Shasainne, tha
am facal *minister*, mar a chanas an
Shorter Oxford English Dictionary,
'chiefly associated with Low Church
views; but still usual in non-episcopal

communions.' Ach carson, matà, an ann le ministear (no biocair no sagart) a tha an cat anns a' chiad dol a-mach? Carson nach ann le muilleir, tàilleir no gobha? 'S dòcha gun aithnicheadh an cat mar chompanach iomchaidh do dhuine den chlèir (ge be seòrsa): peata neo-eisimleach, iomchaidh do fhleasgach (mar as iomadh ministear), peata, ann an Sasainn co-dhiù, gu ìre neo-aontachail? (San dol seachad, tha *cù* ministeir ann: ainm maghar-bradain, air a dhèanamh air tùs a ribeachan buidhe a' choin aig ministear Sprouston an 1915.)

Tha liosta de ghràdhadairean chat sa *Dictionary of Cat Lovers* aig Christobel Aberconway (Michael Joseph, 1949): John Jortin D.D., am Pàpa Leo XII, Càirdineal Richelieu, Càirdineal Wolsey, an t-Urr James Woodforde. Tha e coltach bhon fhianais seo gu bheil nòisean sònraichte aig na prìomhlaidean Caitligeach dha na purraghlais. Thatar a' ràdh gun d'rinn am Pàpa Griogair Mòr càirdineal dhen chat aigesan! (Nach neònach gu bheil ainmhidh aig an robh dàimh riamh ris na bana-bhuidsichean co-cheangailte cuideachd ris na dearbh daoine – a' chlèir – a bha gan sgiùrsadh tro na linntean.) Tha iomradh na bu tràithe air cait is clèir. Nì *Leabhar an Deadhain* aithris air trì manaich òga a Eirinn a thèid air eilthireachd thar mhara gun acfhainn ach cat a nì iasgach dhaibh. Agus tha an t-iomradh as tràithe ann an litreachas air cat teaghlaich anns na h-eileanan seo ri fhaicinn anns an dàn 'Pangur Bàn' ann an seann Ghàidhlig na naodhamh linn – fhad's a tha an sgoilear an tòir air cuspairean spio-radail, 's ann a tha an cat aige an tòir air luchaig, gach aon an sàs gu sona anns an obair as dualach dha.

Co-dhiù Albannach no Sasannach, is fìor thaitneach 'Cat a' Mhinisteir' leis na h-Albannaich. Tha an soirbheas aca gun tèid leotha an cleas a chluich ann an trì cànainean: Beurla, Albais, no – mar an seo – a' Ghàidhlig. Tha na h-eisimplearan san leabhar air an taghadh air adhbharan sònraichte: tha cuid dhiubh èibhinn, cuid ait, cuid gann (ach gun a bhith cho gann agus a bhith gun fheum), agus cuid air a bheil fuaim tarraingeach. 'S e ar dòchas gun bi an cruinneachadh beag seo de bhuadhairean inntinneach do luchd-ionnsachaidh.

Tha ùidh mòr-shluagh na h-Alba a' fàs anns a' Ghàidhlig – san dà chuid cànain agus cultur. Tha mu thrì fichead mìle duine aig a bheil Gàidhlig o dhùthchas ann an Alba, agus an treas cuid dhiubh nan tàmh air a' Ghalldachd. Os cionn seo tha miltean de luchd-ionnsachaidh ann. Buinidh a' chànain a bhruidhneas iad do dh'Alba, a freumhan a' dol air ais nas fhaide na Albais no Beurla.

Tha cèilidhs a' sìor fhàs nas bitheanta. Cò aig tha fios, is dòcha gun nochd cuairt de 'Chat a' Mhinisteir' air a' phrògram eadar na ruidhlcachan agus na Gay Gordons. Bheireadh e fois do dhuine.

Meg Bateman agus Hamish Whyte

Tha
cat a' mhinisteir na chat
AIGHEARACH

aighearach, ăyuruch, *a*. cheerful,
exulting, joyous, gay, happy; odd,
òlach aighearach, an odd fellow. [*Ir*.
aiereach, merry, aerial; **àer**, air.]

AIBHSEACH (enormous)
AILGHEASACH (choosy)
AIMHREITEACH (contentious)
AINDIADHAIDH (ungodly)
AINTIGHEARNAIL (tyrannical)

Tha
cat a' mhinisteir na chat
BEADARRACH

beadarrach, bĕd'-urr-ăch, *a.* pampered; sportive, fondled, caressed, spoiled as a child; fond of.

BEUSACH (well-behaved)
BOG-FLIUCH (soaking wet)
BORB (uncouth)
BRADACH (thieving)
BRUADARACH (dreamy)

Tha
cat a' mhinisteir na chat
CLEASACH

cleasach, clesuch, *a.* playful, full of tricks.

CAOCHLAIDEACH (fickle)
CEOLMHOR (musical)
CLAOIDHTE (exhausted)
COMA-CO-DHIU (indifferent)
CRABHAIDH (pious)

Tha
cat a' mhinisteir na chat
DIUID

diùid, jooj, *a.* shy, timid, diffident, fearful, bashful, awkward, sheepish.

DEARMADACH (forgetful)
DIOMHAINN (vain)
DRAGHAIL (bothersome)
DRANNDANACH (snarling)
DRUISEIL (lascivious)

Tha
cat a' mhinisteir na chat
EUDACH

---

eudach, iädach, *adj.* jealous.

EALAMH (nimble)
EARBSACH (trustworthy)
EIREACHDAIL (handsome)
EIRMSEACH (witty)
EUSLAINTEACH (feeble)

Tha
cat a' mhinisteir na chat
FOGHLAMACH

foghlamach, fūlumuch, *a.* instruc-
tive, edifying; of, or belonging to,
teaching or learning; academic,
learned.

FARSANACH (straying)
FIALAIDH (generous)
FOINNEACH (warty)
FRIONASACH (nervy)
FURACHAIL (vigilant)

Tha
cat a' mhinisteir na chat
GEALTACH

gealtach, gialtuch, *a*. cowardly, timid.

GEAMNAIDH (chaste)
GIONACH (greedy)
GOISTIDHEACH (gossipy)
GRADHACH (loving)
GRAINEIL (disgusting)

Tha
cat a' mhinisteir na chat
IARGALTA

iargalta, iurgulta, *a.* forbidding, as a haunted place, eerie; turbulent, uncouth; ugly; frowning; **tha coltas iargalta air na speuran,** the sky has a frowning look.

IFRINNEACH (hellish)
IOMGAINEACH (worrying)
IOMRAITEACH (famous)
IONRAIC (honest)
IOTACH (thirsty)

Tha
cat a' mhinisteir na chat
LAN

làn, lan, *adj.* full, perfect; satiated; *n.m.* a full, fullness, repletion; the tide, flood-tide; pique.

LEANAILTEACH (tenacious)
LOINIDHEACH (rheumatic)
LOMNOCHD (stark-naked)
LUAISGEACH (swinging)
LUIDEACH (clumsy)

Tha
cat a' mhinistear na chat
MARBH

marbh, marav, *adj.* dead, lifeless, dull, benumbed, torpid, vapid, tasteless; spiritless.

MACANTA (meek)
MEASARRA (temperate)
MILLTEACH (destructive)
MIOMHAIL (naughty)
MUGACH (surly)

Tha
cat a' mhinisteir na chat
NAOMH

naomh, nūv, *adj.* holy, sacred, conse-crated, sanctified; *n.m.* a saint, holy person; *gen. s.* and *n. pl.* **naoimh; na naoimh,** the saints.

NABAIDHEIL (neighbourly)
NAIREACH (modest)
NEASGAIDEACH (ulcerated)
NEIMHEIL (vituperative)
NEO-EISIMLEACH (independent)

Tha
cat a’ mhinisteir na chat
OS-DAONNA

os-daonna, os-dūna, *a.* superhuman.

OILLTEIL (dreadful)
OIRDHEIRC (illustrious)
OLC (evil)
OSCARACH (intrepid)
OS-NADURRACH (supernatural)

Tha
cat a' mhinisteir na chat
PEACACH

peacach, peckuch, *a.* sinful; *n.m.* sinner.

PEALLAGACH (ragged)
PIOCHANACH (wheezy)
PLIADHACH (splay-footed)
POGANTA (given to kissing)
PONGAIL (punctilious)

Tha
cat a' mhinisteir na chat
RIOGHAIL

rìoghail, ree-ghal, *adj.* regal, kingly; loyal.

RABHDACH (vociferous)
RAG-MHUINEALACH (stubborn)
ROBACH (shaggy)
ROLAISTEACH
(given to exaggeration)
RUITEARACH (given to revelry)

Tha
cat a' mhinisteir na chat
SPIOCACH

spìocach, speekuch, *a.* mean, close-fisted, penny-pinching, selfish.

SGAITEACH (sarcastic)
SITHEIL (tranquil)
SLAOIGHTEIL (rascally)
SODALACH (fawning)
SPAIDEIL (well-dressed)

Tha
cat a' mhinisteir na chat
TOMADACH

tomadach, tomutuch, *a.* weighty, bulky, substantial, corpulent.

TAIREIL (disdainful)
TEAGMHACH (hesitant)
TUBAISTEACH (accident-prone)
TUISLEACH (unsteady on the feet)
TURAIL (sensible)

Tha
cat a' mhinisteir na chat
UAIBHREACH

uaibhreach, üävruch, **uaimhreach,**
adj. arrogant, haughty, self-important,
extremely proud.

UAIGNEACH (reserved)
URRAMACH (venerable)
UILE-CHUMHACHDACH
(omnipotent)
UILE-FHIOSRACH (omniscient)
UILE-LATHAIREACH
(omnipresent)

Glossary

accident-prone, tubaistcach
  (toobishtiuch)
arrogant, uaibhreach (uävruch)

bothersome, draghail (drughal)

chaste, geamnaidh (gemny)
cheerful, aighearach (ăyuruch)
choosy, àilgheasach (alyesach)
clumsy, luideach (lujuch)
contentious, aimhreiteach
  (āy-retuch)
corpulent, tomadach (tomutuch)
cowardly, gealtach (gialtuch)

dead, marbh (marav)
destructive, millteach (meeltuch)
disdainful, tàireil (tāral)
disgusting, gràineil (grā-nial)
dreadful, oillteil (oyltal)
dreamy, bruadarach (brooud-ur-uch)

eerie, iargalta (iurgulta)
enormous, aibhseach (ayshuch)
evil, olc (olk)
exaggeration, given to, ròlaisteach
  (rōleshtuch)
exhausted, claoidhte (klooytu)

famous, iomraiteach (eem-ratiuch)
fawning, sodalach (sotuluch)
feeble, euslainteach (ēslantiuch)
fickle, caochlaideach (cūchlejach)
forbidding, iargalta (iargulta)
forgetful, dearmadach (jeramutuch)
full, làn (lān)
full of tricks, cleasach (clesuch)

generous, fialaidh (fee-uly)
given to exaggeration, ròlaisteach
  (rōleshtuch)
given to kissing, pòganta (pōkuntu)
given to revelry, ruitearach
  (rooter-uch)
gossipy, goistidheach (goshjy-uch)
greedy, gionach (ginach)

handsome, eireachdail (eruchcal)
hellish, ifrinneach (ifrin-uch)

hesitant, teagmhach (tegvach)
holy, naomh (nūv)
honest, ionraic (inrig)

illustrious, òirdheirc (ōr-yerc)
independent, neo-eisimleach
  (nyo-eshimeluch)
indifferent, coma-co-dhiu
  (coma-co-yoo)
intrepid, oscarach (oskuruch)

jealous, eudach (iädach)

kissing, given to, pòganta (pōkuntu)

lascivious, drùiseil (droosh-al)
learned, foghlamach (fūlumuch)
loving, gràdhach (grāgh-uch)

mean, spìocach (speekuch)
meek, macanta (macuntu)
modest, nàireach (nāruch)
musical, ceòlmhor (kyôl-vur)

naughty, mìomhail (meeval)
neighbourly, nàbaidheil (nāpi-yul)
nervy, frionasach (frinas-uch)

nimble, ealamh (ialav)

omnipotent, uile-chumhachdach
  (oolu-choo-uch-kuch)
omnipresent, uile-làthaireach
  (oolu-lā-hur-uch)
omniscient, uile-fhiosrach
  (oolu-yisruch)

pampered, beadarrach
  (bĕd-urr-āch)
penny-pinching, spìocach
  (speekuch)
pious, cràbhaidh (crāvi)
playful, cleasach (clesuch)
proud, uaibhreach (uävruch)
punctilious, pongail (poongal)

ragged, peallagach (pialakuch)
rascally, slaoighteil (slytal)
regal, rìoghail (ree-ghal)
reserved, uaigneach (uä-gnuch)
revelry, given to, ruitearach
  (rooter-uch)
rheumatic, lòinidheach (lōni-yuch)

sarcastic, sgaiteach (scatiuch)

sensible, tùrail (tooral)
shaggy, robach (rōpuch)
shy, diùid (jooj)
sinful, peacach (peckuch)
snarling, dranndanach
   (draundanuch)
soaking wet, bog-fliuch
   (bok-flyooch)
splay-footed, pliadhach (plee-a-uch)
stark-naked, lomnochd
   (lomu-nochk)
straying, fàrsanach (farshun-uch)
stubborn, rag-mhuinealach
   (rak-voon-yul-uch)
superhuman, os-daonna (os-dūna)
supernatural, os-nàdurrach
   (os-nāturuch)
surly, mùgach (mooguch)
swinging, luaisgeach (loo-aysh-kuch)

temperate, measarra (mēss-urr-u)
tenacious, leanailteach (leneltyuch)
thieving, bradach (bratuch)
thirsty, ìotach (eeutuch)
tranquil, sitheil (shee-hal)
tricks, full of, cleasach (clesuch)
trustworthy, earbsach (erb-sach)

tyrannical, aintighearnail
  (ayn-ty-urnul)

ulcerated, neasgaideach (niskij-ach)
uncouth, borb (borop)
ungodly, aindiadhaidh (en-jiagi)
unsteady on the feet, tuisleach
  (tooshluch)

vain, diomhainn (jeev-in)
venerable, urramach (oorumuch)
vigilant, furachail (fooruch-ul)
vituperative, neimheil (neval)
vociferous, rabhdach (rautuch)

warty, foinneach (fuin-yuch)
weighty, tomadach (tomutuch)
well-behaved, beusach (bēs-uch)
well-dressed, spaideil (spadjal)
wheezy, piochanach (peechunuch)
witty, eirmseach (ermshuch)
worrying, iomgaineach (imugenuch)

MERCAT PRESS
ALSO PUBLISH

THE MINISTER'S CAT

Compiled by Hamish Whyte
Illustrated by Barbara Robertson

64pp pbk ISBN 1873644108
The original version, using Scots words.

AND

GAELIC DICTIONARY

Gaelic-English/English-Gaelic
Malcolm MacLennan

630pp pbk ISBN 1873644116

An invaluable tool for both learners and native speakers.